Charles Adrien Grock
1880–1959

Funkenregen

Konzert-Walzer für Akkordeon

MH 133117
ISMN 979-0-2029-1144-0

D1693000

HOHNER
HOHNER VERLAG MAINZ
Printed in Germany

Nr. 1052

Funkenregen

Etincelante
Dancing sparks

Verlag:
Matth. Hohner A. G.
Trossingen (Württ.)

Konzertwalzer von **Grock**

2.
loco
H h7 – E e7 – E e7 – A G E D d – A d –
Si si7 Mi mi7 Mi mi7 La Sol Mi Ré ré La ré
D d – E a7 – A a7 – C# a7 – A a7 – D d –
Ré ré Mi la7 La la7 Do# la7 La la7 Ré ré
D d – A d – D d – G em – G em – A d –
Ré ré La ré Ré ré Sol mim Sol mim La ré
langsam
A a7 – D d D d7 F# d7 A d7 D G A
La la7 Ré ré Ré ré7 Fa# ré7 La ré7 Ré Sol La
H g – G# gv – D G H(B) G D E e7 H e7 – A am –
Si sol Sol# soldim Ré Sol Si Sol Ré Mi mi7 Si mi7 La la
D D
A am A a7 – E a7 D d7 D d7
La la La la7 Mi la7 Ré ré7 Ré ré7

D d7 F# d7 A d7 F# d7 G g7 D g7 –
Ré ré7 Fa# ré7 La ré7 Fa# ré7 Sol sol7 Ré sol7
C c – E c Eb e7 – Eb eb7 D g
Do do Mi do Mib mi7 Mib mib7 Ré sol
ganz langsam
Schnell
H(B) g A a7 D d7 G G F F E Es D G E a7 –
Sib sol La la7 Ré ré7 Sol Sol Fa Fa Mi Mib Ré Sol Mi la7
A a7 – D d – D d – E a7 – A a7 – D d –
La la7 Ré ré Ré ré Mi la7 La la7 Ré ré
1.
F# d – E a7 – A a7 – D d – F# d – E a –
Fa# ré Mi la7 La la7 Ré ré Fa# ré Mi la
D
2.
E e7 – A a7 – C# a7 – H(B) h7(b7) – D h7 – E em –
Mi mi7 La la7 Do# la7 Ré si7 Mi mim

E em – A d – A a7 – D A F# D A D d –
Mi mim La ré La la7 Re La Fa# D D La Ré ré
RéRé
A D E a7 – A C# A D d –
La Ré Mi la7 La Do# La Ré ré
A F# G em – G A d –
La Fa# Sol mimin Sol La ré
A# ev – H (B) h – G g A D F# A a7 – B (Bb) D F
La# midim Si simin Sol sol La Ré Fa# La la7 Sib Ré Fa
B (Bb) d A D Fis a7
Sib A La Ré Fa# A
ré la7
La La
Finale
D A b7 D D
Ré La B (Bb) Ré Ré
sib7
Sib